Claude Raucy

Comme une cicatrice

Collection Jeunes du monde

ÉDITIONS DU TRÉCARRÉ

Données de catalogage avant publication (Canada)

Raucy, Claude

   Comme une cicatrice

   (Collection Jeunes du monde)

   ISBN 2-89249-749-3

   I. Titre. II. Collection.

PZ23.R372Co 1997 j843'.914 C97-941222-6

Éditions du Trécarré
817, rue McCaffrey
Saint-Laurent (Québec)
H4T 1N3

Conception de la maquette: *Joanne Ouellet*

Illustrations: *Anne-Marie Forest*

Mise en pages: *Ateliers de typographie Collette inc.*

Révision linguistique: *Jean-Pierre Leroux*

ISBN 2-89249-749-3

Dépôt légal – 1997
Bibliothèque nationale du Québec

Imprimé au Canada

01 02 03 99 98 97

Éditions du Trécarré
Saint-Laurent (Québec) Canada

LES ÉTRUSQUES

Les Étrusques, les Étrusques! Qu'est-ce que j'en ai à faire, moi, des Étrusques? Les bases de notre civilisation romaine, toute notre histoire claire et limpide, d'un coup, grâce à eux, les Étrusques. Merci, les Étrusques!

La prof d'histoire n'est pas commode. Un travail, c'est un travail. Un congé, c'est fait pour se reposer. Donc, pour travailler. Cherchez pas à comprendre. Merci, les contradictions! Merci, les congés! Merci, les Étrusques!

Donc, lundi, bien fait, vite fait, il me faut mon travail sur les Étrusques. Je prends le tram piazza del Risorgimento. Arrêt Villa Giulia. Moi, Giulio. Toi, Giulia. On est faits pour s'entendre.

Mais elle m'ennuie, la Villa Giulia. Des collections inestimables. Des vestiges incroyables. Des témoignages invraisemblables. Tu parles, Charles! J'ai tout bien observé, examiné, catalogué. Moi, Giulio Profumo, Romain de naissance et de résidence, je ne me sens pas étrusque: je ne ris pas étrusque, je ne rêve pas étrusque, je ne mange pas étrusque.

J'habite à deux coups d'ailes de pigeons du Campo dei Fiori, en plein centre de Rome. Romain jusqu'aux entrailles, jusqu'au menton républicain, jusqu'au nez impérial. Mais étrusque, non, non, non! La prof d'histoire fait de ses désirs la réalité. Tous annexés, tous civilisés à l'étrusque. Elle ramasserait un morceau de verre Birra Peroni qu'elle dirait encore que c'est de l'art étrusque. Ben voyons!

À la villa Giulia, j'ai tout vu, tout su, pas tout compris. Alors, j'ai emporté de la documentation. Des notes et des plans, des gravures et des cartes, plein les poches, plein les mains. Papa et maman reviennent de France dans huit jours. Si je ne leur montre pas un travail finement ficelé, bonjour, les dégâts! Et adieu, les nouveaux rollers aperçus via Nazionale et promis à condition que...

Je remonte vers les académies: la roumaine, trop blanche; la belge, bien propre: l'égyptienne, assez mystérieuse. Les escaliers interminables, les fontaines frisquettes en cet automne pâle. Bientôt, je me casserai les semelles en redescendant vers la piazza del Pópolo. Je salue au passage les poètes et les sœurs d'empereur qui ont légué leur nom à ces allées et à ces places. Moins je retiendrai, moins on me retiendra. Logique, non?

La Rome d'ici, c'est la Rome que j'aime: tranquille, fraîche, sympa. Les

feuilles des érables glissent dou-
cettement sur mes épaules. Chouette
caresse.

– Eh! vous avez perdu... Pardon...
Excusez...

J'ai perdu? Et d'abord, qui me parle
en français dans ces jardins de la Villa
Borghese? Mais c'est déjà un délice, une
chantilly linguistique: on me parle en
français! La langue de mes plus beaux
rêves!

– Pardon? Quoi? Comment? Perdu
qui, perdu quoi?

Il me tend des feuillets que je reconnais tout de suite: les passionnants vestiges que j'ai achetés à la Villa Giulia. Merci, les Étrusques! Un petit coup de vent tiède et vous voilà dispersés au milieu des feuilles d'érables. Sympa, tout ça, non?

– Je vous suivais. Vous avez laissé tomber les feuilles. Voilà.

Il mesure un mètre et soixante-huit centimètres. À peu près. On nous a habitués à ces approximatives certitudes, au cours de géo. Ses cheveux sont beiges comme des feuilles de maïs, ses yeux bleu-vert comme l'eau de la Villa d'Este. Près de l'œil droit, une cicatrice comme une étoile. Merci, prof de dessin. Un pantalon en velours marron. Un sweat-shirt blanc avec une comique inscription pourpre *I am the life*. Qui est la vie? Une lessive?

Il me tend les feuilles. Je décide de parler français. Ça me fait du bien au niveau de la glotte et des sinus. Et de mes petits sentiments secrets. Et je décide de dire tu, à la romaine. Tant pis pour les descendants de Clovis.

– Tu me suivais?

– Je ne suivais pas. J'étais derrière. Tu as perdu les feuilles. Les voilà. Ben...

Ben quoi? J'ai dit merci. Dois-je donner cinq cents lires? À Rome, on donne volontiers. On mendie à tous les coins de rue et on ne refuse guère. Mais il a mon âge, ou peu s'en faut. Il a mes feuilles. Et son sweat-shirt blanc *I am the life*, je l'enfilerais volontiers pour faire du roller...

– Merci, c'est gentil. En fait, j'ai besoin de ces feuilles pour un travail d'histoire sur les Étrusques.

Il sourit. Il n'a pas l'air de bien comprendre. Giulio, tu dois jouer à ton inspecteur Colombo.

– Tu es Romain?

– Non.

– Français?

– Non.

– Mais tu parles français...

– Toi aussi...
– Tu n'es pas d'ici?

Et vlan, comme un orage, tout est sorti. Il est Yougoslave ou l'on ne sait quoi. Il habitait à Dubrovnik. Son père et sa mère sont morts dans un bombardement. Ils ont traversé la mer, un vague cousin et lui. Le cousin, c'est Mitchek, vingt-deux ans, seul survivant de la famille. Ils sont à Rome depuis quinze jours, hébergés chez des compatriotes ou presque. En sursis. Repérables, vulnérables.

Ils devraient se cacher dans les catacombes et ils se promènent. Alexandre se promène dans Rome avec un sweatshirt *I am the life*. Il ramasse des feuilles étrusques, me dit tout.

Et c'est moi, Giulio Profumo, qui lui donne rendez-vous pour le lendemain matin près de la statue du moine Bruno. Ce soir, je ferai un résumé sur ce que je sais des Étrusques. Beurk!

Papa et maman sont à Paris à leur congrès de macrobiologie. Francesca revoit sans doute ses cours d'informatique sans se douter que son frère, Giulio, redescend vers la piazza del Pópolo avec un Slave du Sud en situation illégale, Alexandre Je-ne-sais-même-pas-quoi, tandis que Rome envoie ses drogués et ses marginaux dans les jardins de la Villa Borghese. Ah! la vie, c'est pas triste, je vous jure!

PIAZZA NAVONA

Non, la vie, c'est pas triste. C'est même très gai d'avoir rendez-vous avec un nouveau copain, près de la statue d'un moine courageux, au milieu des échoppes où les pommes cousinent avec le raisin, les queues de lotte avec les calmars. J'aime le Campo dei Fiori, ses odeurs gentilles, ses visages sympa.

    – Salut, Alexandre!
    – Salut, Giulio!
    Il a l'air un peu timide, comme moi, mais son brave sourire me dit la joie de l'amitié.
    – Alors, Alexandre, que veux-tu voir à Rome?

– Tout. Tout ce qui te plaît. Tout ce que tu voudras me montrer. Tu sais, depuis quinze jours, je ne suis guère sorti. Mes hôtes n'aiment pas que je traîne dans la rue. Si on me demande mes papiers, je n'ai rien à montrer...

– Et alors?

– Et alors? Tu en as de bonnes! C'est tout simple: on m'expulse. On me renvoie dans mon pays, au milieu des bombes et du malheur.

Il continue à sourire. Luisa, la marchande des quatre-saisons, m'a donné quelques clémentines. J'en tends une à Alexandre, qui la déshabille avec des yeux gourmands.

– Tu sais, Alexandre, on va bien se marrer. On commence par le Château Saint-Ange?

– C'est loin?

– Mais non, au bout du Corso. On peut y aller à pied.

Il enfourne les quartiers de clémentine deux par deux. A-t-il faim? Je n'ose le lui demander.

Nous trottons sur le Corso. Alexandre me pose mille questions sur moi, mes études, ma famille.

– Tu as de la chance, Giulio.

– Tu crois?

Nous arrivons au Tibre, traversons le fleuve.

– Tu vois, c'est ça, le Château Saint-Ange.

– Ah? C'est le gros gâteau?

– Tu connais?

– Je l'ai vu plusieurs fois en passant en bus. Mais je ne m'y suis jamais arrêté.

À l'intérieur, tout passionne Alexandre: les couloirs mystérieux, les oubliettes, les murailles. Il est ébloui par la vue magnifique qu'on a sur Rome.

– Alexandre, tu vois ce mur? Il conduit au Vatican. C'est un passage direct qui permettait au pape de venir se réfugier ici en cas de danger. Nous le longerons pour aller à Saint-Pierre.

En cours de route, j'achète des *tra-mezzini* au thon et aux œufs. Alexandre se fait une moustache de mayonnaise. Je pouffe de rire. Nous sommes heureux.

– On boit un *lemonsoda*?

– Oui, mais, cette fois, c'est moi qui paie, Giulio.

J'accepte, car je vois bien que sa fierté souffre de devoir toujours dire merci.

La place Saint-Pierre, les colonnes, les fontaines.

– C'est beau Giulio, c'est beau.

Les marches vers la cathédrale, les gardiens de la morale, examinant jambes nues et toilettes trop sommaires, l'intérieur de l'église, colossal.

Une larme perle au coin des yeux d'Alexandre. Nous sommes devant la *Pietà* de Michel-Ange.

– Alexandre, tu es triste?

Il se détourne, me serre la main.

– Maman aimait beaucoup Michel-Ange. Près de son lit, elle avait une photo de cette sculpture.

Elle aimait, elle avait… Nous avons tellement ri depuis le matin que j'avais oublié le sort malheureux d'Alexandre. Comment sent-on battre son cœur quand on est orphelin?

Pour aller au Colisée, nous prenons le tram pas loin du Vatican. C'est plus gai que l'autobus.

Alexandre est impressionné par ce vaste cirque de pierre. Je lui raconte tout ce que la prof nous a expliqué quand nous sommes venus visiter l'amphi-théâtre.

– Tu aimes mieux ça que les Étrus-ques, on dirait.

– Tu penses! Rien qu'à imaginer les gladiateurs, les fauves, la foule… Dire qu'ils étaient des milliers à applaudir, à crier…

– À souffrir.

Alexandre a raison. Peut-être ai-je besoin qu'on me rappelle qu'à côté des Romains qui respiraient avec délice l'odeur du sang, il y avait des sœurs et des fils qui pleuraient à cause de la cruauté d'un empereur et de la lâcheté d'une foule.

– Maintenant, on va aller manger une glace piazza Navona.

– Giulio, tu ne penses qu'à manger!

Il n'a pas tout à fait tort. Plus tard, j'aimerais être cuisinier. Ma spécialité: les pizzas. Il faudra que j'invite Alexandre à souper, un de ces soirs. Mes parents seront sûrement d'accord.

La piazza Navona est un peu moins noire de monde qu'en été, mais les Américains et les Japonais photographient les fontaines à qui mieux mieux. Alexandre est bouche bée devant celle des Quatre-Fleuves.

– C'est une œuvre du Bernin, comme la place Saint-Pierre.

Soudain, une dame se met à hurler.

– On m'a volé mon sac! Au secours! Mon sac! Au voleur! C'est lui, c'est lui!

Elle désigne Alexandre.

– C'est lui! Je l'ai vu! Un Tzigane!

Tout perdu, Alexandre me regarde.

Les gens se rapprochent, menaçants. Un policier tourne la tête. Alexandre me jette un regard désespéré puis, sans me dire un mot, il se met à courir, à courir comme un fou vers le Corso.

Il bouscule les gens, il galope, il fonce droit devant lui. Je n'hésite pas: je m'élance derrière lui sans que personne cherche à me retenir. Ai-je la tête d'un brave gars qui poursuit un voleur?

BUS 64

Bon Dieu, ce qu'il court vite! Moi qui me croyais champion dans ce domaine, j'ai bien du mal à le suivre. A-t-il peur à ce point? A-t-il réellement volé le sac? Je suis sûr que non. D'abord, je n'ai rien vu. Ensuite, Alexandre n'a pas la tête d'un voleur.

Je n'ai rien vu, soit. Mais ces Tziganes sont si habiles, maman le répète sans cesse. Silence, Giulio! Voilà que tu aboies avec les autres à présent! Voilà que toi aussi, tu décrètes que tous ces étrangers, et particulièrement ceux qui ont la peau foncée, sont la cause de ces vols continuels un peu partout dans

Rome. Pauvre Giulio, ne vas-tu pas devenir aussi stupide que les autres, non?

Alexandre n'est pas un voleur, certes. Mais je le connais si peu. Quelques heures de belle connivence peuvent-elle suffire à créer la confiance? Je veux croire que oui.

Je traverse le Corso malgré le trafic, zigzague entre les voitures. Je vais rattraper Alexandre. Il n'est plus qu'à dix mètres. Il manque de renverser un vieux curé et saute dans un autobus, qui referme ses portières avant que j'aie le temps de grimper. Pas très poli, ça! Les conducteurs romains m'avaient habitué à mieux!

Heureusement, j'ai eu le temps de noter le numéro: 64. Le 64! Le bus des voleurs! Mon petit humour bête ne fait rire que moi. Mais c'est vrai que cette ligne a mauvaise réputation et que les touristes qui remontent de Saint-Pierre vers les Termini finissent souvent leur course un peu plus légers qu'au départ...

Dieu merci, les 64 se succèdent vite, surtout à cette heure. Je n'attends même pas deux minutes avant de monter dans le suivant. Maintenant, il faut ouvrir l'œil, mon cher Giulio. Où Alexandre va-t-il descendre? À chaque arrêt, je scrute les environs, prêt à sauter.

Hélas, j'ai beau ouvrir les yeux tout grands: pas plus d'Alexandre dans les rues de Rome que de fours à micro-ondes dans les cuisines étrusques! Mais au moment où l'autobus va s'arrêter aux Termini, j'aperçois mon ami yougoslave sur le trottoir, devant la gare. Il semble hésiter, regarde à droite et à gauche, puis pénètre dans le grand hall. Je me précipite pour sortir le premier du bus, sans faire attention aux commentaires désobligeants des ventres que cognent mes coudes et des pieds sur lesquels je marche sans respect.

Je manque de rentrer dans un bus qui démarre. Je me fais copieusement insulter par un chauffeur de taxi à qui je brûle la politesse. Peu importe: me voilà dans le hall. Personne. Enfin, si, un monde fou, mais pas d'Alexandre en vue. Je fonce vers les quais. À une trentaine de mètres, je vois Alexandre qui monte dans un train. C'est la meilleure, celle-là! Se prend-il pour un bandit recherché par Interpol? Je veux monter à mon tour, mais les portières se sont refermées. Décidément, je n'ai pas de chance avec les transports en commun!

Alexandre a ouvert une fenêtre. Il m'a vu. Il me fait de grands signes. J'ai le temps de lire la destination du train: Milan. Jamais mon petit cerveau n'a réfléchi aussi vite. Je crie:

– Descends à Florence! Je te rejoindrai!

– À Florence?

– Oui, attends-moi là! Descends à Florence!

Le train a déjà disparu. Je suis seul sur le quai. Bon, mon petit Giulio, soyons calme. Je connais la ligne Rome-Milan. Un train toutes les heures. J'ai le temps de redescendre en bus chez moi, de prendre mes économies dans la boîte de *cantucci* en dessous de mon lit, de laisser un mot pour ma sœur, de remonter à la gare et même de prendre un billet avec supplément si je ne veux pas avoir les ennuis qui sont sûrement ceux d'Alexandre, à présent, face à un contrôleur peu amène, quelque part entre Rome et Florence...

J'ai le temps de faire tout ça, mais pas de réfléchir au pourquoi de tout ce que je fais. Et ce n'est qu'une fois assis dans le train suivant pour Milan que je fais le point avec un peu de calme. Je suis sur les traces d'un garçon dont je ne sais presque rien, même pas s'il est vraiment honnête. Je suis en route pour une ville où je ne suis pas certain du tout de le retrouver. Peut-être fait-il partie d'une bande organisée? Giulio, Giulio! Je suis sûr qu'Alexandre est un type bien. Sûr, sûr, sûr.

SANTA MARIA NOVELLA

Le trajet Rome-Florence en chemin de fer, oui, que de fois je l'ai fait! Le frère de ma mère, l'oncle Claudio, *zio* Claudio, habite au-dessus de Florence, à San Domenico, une petite localité que l'on traverse lorsque l'on monte vers Fiesole. J'y ai passé, je crois, les plus belles semaines de ma vie.

L'oncle Claudio et sa femme ont perdu leur petite fille alors qu'elle allait avoir dix ans. Elle traversait en courant la piazza San Marco. Une voiture l'a renversée. Pendant sept mois, à l'hôpital, elle a été entre la vie et la mort. Puis elle a cessé de respirer. Ses parents n'ont jamais eu d'autre enfant. Est-ce pour cela que leur maison a toujours été pour moi le paradis? Le chagrin qui y est entré en conquérant a curieusement accroché des sourires dans toutes les pièces. L'oncle et la tante ne crient jamais, ne se fâchent jamais: ils sont mes meilleurs fournisseurs d'heures heureuses. Oui, San Domenico, pour moi, c'est la tendresse. Et Florence, la magnifique cité qui s'étend comme une reine le long de l'Arno, c'est la beauté.

Mais ce n'est pas à Florence que je pense, ni à l'oncle Claudio, tandis que le *rapido* quitte la campagne romaine pour monter vers l'Ombrie. Je pense à cette aventure folle et soudaine dans laquelle je me trouve embarqué. Je me pose des questions, avec calme et méthode, comme le *signore* Frascati, le prof de latin, nous l'a appris. D'abord réfléchir à mon amitié pour Alexandre, ce garçon que je ne connais que depuis vingt-quatre heures et qui m'entraîne en Toscane à sa suite. Qu'est-ce qui nous unit? Cette langue française que nous aimons tous les deux? Son sourire heureux? Son existence malheureuse? Son petit côté frère jumeau vite d'accord? Je dois bien m'avouer aussi que j'aime ce qui est défendu. Il n'a pas de papiers, il n'est pas Italien, il ne peut rester dans mon pays. Pour moi, quand on ne peut pas, on doit. Je suis comme ça. Alexandre *doit* rester à Rome. Il *doit* être mon ami. Mon amitié aussi vive que nouvelle fabrique pour lui toutes les fausses identités dont il aura besoin. Clair?

Deuxième réflexion: ce qui s'est passé piazza Navona. Il n'a rien volé, c'est évident. Il n'avait pas de sac à la main, ni quand il courait vers l'autobus, ni quand il traversait la gare. Cette femme a crié n'importe quoi, a accusé n'importe qui. Elle aurait pu me désigner, moi, si je n'avais pas l'honnête profil romain qui vaut un certificat de respectabilité. Un vrai voleur n'a pas mes yeux ni ma peau. Je l'entends de plus en plus murmurer à Rome, les vrais coupables, ce sont les étrangers. Oh! pas les étrangers riches et propres, bien sûr, pas les Suisses, ni les Belges, ni les Allemands. Mais les nègres, les Marocains, les Tziganes... Ceux-là, ils sont coupables de tous les malheurs qui nous arrivent: le chômage, la drogue, le sida, les inondations. Alexandre est coupable de tout. C'est pour cela (qu'ils lèvent le doigt, ceux qui ne l'ont pas encore deviné), c'est pour cela que je suis à sa poursuite, que je le rattraperai, que je le protégerai.

Où es-tu, maintenant, Alexandre? Normalement, tu ne devrais pas tarder à arriver à Florence. Tu avais de l'argent sur toi, je le sais, je l'ai vu quand tu as payé nos boissons. Les trains ne sont pas chers, en Italie. As-tu trouvé les mots pour expliquer que tu n'avais pas eu le temps d'acheter un billet? Le contrôleur a-t-il accepté tes explications? Je suis sûr que oui. Tu es intelligent. Tu as déjà connu l'aventure. Tu sais comment faire.

L'aventure... Non, Alexandre, tu ne crois pas ça? Tu ne crois pas que je suis sur tes traces simplement parce que ma vie était trop ordinaire, trop petite routine gentille, avec des parents sans histoire et une sœur sans surprise? Enfin, si, j'avoue: si tu crois cela, tu n'as pas tout à fait tort...

Bon écoute-moi bien, Alexandre. À Florence SMN (ça veut dire Santa Maria Novella), tu descends du train. Comme à Rome, la gare est un cul-de-sac. Tu marches jusqu'au bout du quai. Ne reste pas dans le hall. Il y a souvent des policiers qui patrouillent. Ils pourraient bien te demander tes papiers. Non, je ne dis pas ça pour te faire peur. Tu sais, tu as quand même, ne sois pas fâché, tu as quand même une tête... d'étranger. Je veux dire: tu regardes les gens un peu comme un cow-boy. Oui, c'est ça: un cow-boy. Nous sommes en plein western. Alors ne tombe pas dans les griffes du shérif, Alexandre. Va t'asseoir dans la salle d'attente. Ou fais semblant de consulter les tableaux horaires. Ne t'impatiente pas. Dans une heure, je suis là. Une heure, c'est vite passé. Ce qu'on fera après? On verra bien, Alexandre, on verra bien.

Mon train entre dans Florence, ralentit devant le Campo di Marte, freine en vue de Santa Maria Novella. Le voyage a passé vite, malgré mon inquiétude. Quel est cet attroupement au bout du quai? Des policiers. Des voyageurs. Une dame aux vêtements sales. Un garçon pieds nus. Tout le monde crie, surtout la femme. Alexandre n'est pas là. Alexandre n'est pas dans le hall. Alexandre n'est pas dans la salle d'attente. Alexandre ne fait pas semblant de consulter les horaires. Je vais dans le restaurant libre-service. Je vais dans la salle des guichets. Je regarde à l'intérieur de la pharmacie. Je sors. Des taxis, des autobus. Comme à Rome.

Où es-tu, Alexandre? N'avais-tu pas compris qu'il fallait descendre à Florence?

SAN DOMENICO

Où es-tu, Alexandre? Qui répondra à toutes mes questions? N'as-tu pas compris quel allié précieux j'étais pour toi? As-tu eu peur? Es-tu resté dans le train? Es-tu descendu à Bologne? À Milan? Peut-être des policiers t'ont-ils demandé tes papiers dans la gare de Florence? Peut-être t'interroge-t-on au moment où je me pose toutes ces questions?

Quelles questions te pose-t-on, à toi? Dans quelle langue? Tu parles plutôt mal l'italien. Les policiers toscans ignorent souvent le français. Ta langue, ta vraie langue, Alexandre, je ne sais même pas ce que c'est: le serbe? le croate? Papa dit qu'autrefois, c'était facile: la Yougoslavie. La mer à traverser puis votre pays, qui semblait si simple, vu d'Italie, si uni. Jusqu'au jour où tout a explosé et où les balles ont déchiré des peuples qui nous paraissaient si frères. Est-ce cela aussi qui nous menace, en Italie? On le dit parfois à la télévision. À quoi bon alors, construire l'Europe?

Déjà quatre fois que je pénètre dans la salle des guichets, que je vais près des taxis, que je retourne sur les quais. Encore un peu de temps et c'est à moi qu'on demandera les papiers!

L'après-midi se termine. Déjà les lampes s'allument. L'automne endort doucement la ville. Je ne puis plus continuer à tourner en rond. Il faut prendre une décision. Retourner à Rome? C'est encore possible, mais pour faire quoi, retrouver qui, vivre comment? Avec quel immense point d'interrogation fiché en travers du cœur comme un poignard?

Et si tu es bien descendu à Florence? Si des circonstances que je ne

connais pas, que je ne peux deviner, t'ont éloigné de moi? Si tu m'attends quelque part dans la ville de Dante et Michel-Ange? Mais comment savoir? Je suis au milieu du hall. Un Noir vient d'apparaître dans l'entrée, vêtu comme un prince, avec un feutre mou et une grosse serviette de cuir. S'il change sa serviette de main avant d'arriver à ma hauteur, c'est que tu es bien à Florence.

Il avance d'un pas calme et noble, jette un œil distrait sur les tableaux horaires, consulte sa montre, s'arrête, est pris d'une quinte de toux. Et change sa serviette de main. Tu es à Florence, Alexandre. Aucun doute. Je crois dur comme fer à ces signes du destin. Ils ne m'ont jamais trahi. Où que tu sois, je te retrouverai.

Je m'assieds près de la tête de ligne du bus 7. Le bus 7! Celui qui monte vers Fiesole en passant par San Domenico! Maintenant, il fait vraiment noir. Vais-je tourner en rond dans Florence? N'est-il pas plus prudent d'aller à San Domenico chez l'oncle Claudio, de me reposer, de retrouver calme et énergie et de poursuivre mes recherches?

Je t'envoie plein d'ondes positives pour que, où que tu sois, tu saches que je pense à toi, que je ne t'ai pas abandonné, que je suis sur la piste, ô grand chef sioux à l'étoile de chair.

– Giulio, quelle surprise! Mais... que fais-tu à Florence?

– J'avais envie de vous voir... J'ai décidé très vite. Je sais: j'aurais dû vous prévenir, *zio* Claudio.

– Mais non, mais non... C'est très bien. Tu sais que tu es ici chez toi. Tu viens quand tu veux, tu restes aussi longtemps que tu veux... Comment vont tes parents?

– Ils sont en France. Ils vont bien. Puis-je téléphoner à Francesca pour lui dire que je suis bien arrivé?

On me dorlote. On me propose mille pâtisseries, mille boissons, mille tendresses. *Zia* Elena n'arrête pas de répéter que j'ai grandi, que c'est le bonheur de m'avoir avec eux, que l'on va passer ensemble des jours merveilleux.

Ils sont si merveilleux, tous les deux, que j'ai presque envie de leur parler d'Alexandre. Ils comprendraient, j'en suis sûr. Ils m'aideraient. Mais j'aurais dû le faire tout de suite, ne pas mentir.

– Demain, nous irons nous balader dans Florence. Nous irons manger une glace au citron chez Vivoli. Tu les aimes toujours autant? Il y a au Palazzo Vecchio une exposition de dessins de Léonard de Vinci. Nous irons. Quel bonheur que tu sois là! *Che gioia!*

L'ENLÈVEMENT

Au réveil, j'ai l'impression d'avoir perdu du temps. Beaucoup de temps. Trop de temps.

Hier, j'ai sombré dans le confort douillet de la petite vie tranquille. Je t'ai oublié, Alexandre, abandonné, noyé dans le ronron de la tendresse et du confort. Je n'ai pas comme toi connu la guerre et ses soirs d'horreur. Moi, j'ai des soirs paisibles et des matins rassurants. Pardonne-moi, Alexandre.

Ce matin chez oncle Claudio est pour moi plein d'inquiétude. On me présente des minutes calmes alors qu'en moi tout bouillonne, tout piaffe d'impatience. Où es-tu, que fais-tu? Respires-tu quelque part? Penses-tu à moi?

Est-ce que tu crois que chacune de mes minutes est faite pour t'aider? Alexandre, j'ai un peu honte de te l'avouer: cette nuit, j'ai bien dormi. Je me suis endormi les yeux à peine clos et seuls les doigts beiges de l'aurore m'ont ôté à mon sommeil. Pendant ce temps-là, on t'interrogeait, on te torturait, on te jetait dans un cachot sombre et humide.

Mais qu'est-ce que je vais imaginer?

– Ne t'énerve donc pas comme ça, Elena!

– Qu'est-ce qui se passe, *zio* Claudio?

– Mais rien, rien du tout, Giulio. Tu vois, Elena, tu tracasses ce petit...

– Ce petit, ce petit! J'ai douze ans depuis le mois de mai, oncle Claudio. Je ne suis plus un enfant.

– Tu as raison, mon grand.

Oncle Claudio se lève pour venir m'embrasser. Ses yeux sont humides.

– Tu vas faire un brin de toilette et puis nous descendrons en ville. Veux-tu encore un croissant?

Ma toilette est vite expédiée. Il faut descendre le plus vite possible en ville. Dans Florence, j'ai des chances de retrouver la trace d'Alexandre. Mais à peine sorti de la salle d'eau, j'entends que la discussion est toujours aussi animée entre Claudio et Elena.

– Elena, depuis ces affaires de disparition d'enfants en Belgique, tu vois des enlèvements partout!

– Je ne parle pas d'enlèvement, Claudio. Sûrement pas d'enlèvement. Nous connaissons le juge Mulino. Non, un enlèvement... Je n'ai jamais parlé de ça, mais tout m'a semblé si étrange. Ce départ soudain pour Venise...

– Ils y ont un appartement. Ils y vont tous les mois, parfois plus. Tu le sais bien, Elena.

– Mais le garçon...

– Quoi, le garçon?

– Qui est-ce, ce garçon?

– Je ne sais pas, moi. Un ami de la famille. Un cousin...

Avec mon imagination délirante, j'ai déjà fait de ce garçon mon ami Alexandre. Je crois aux hasards extraordinaires, aux coïncidences invraisemblables. La vie est faite de choses comme ça. Je crois avoir perdu la trace d'Alexandre et ce sont justement oncle Claudio et tante Elena qui me remettent sur sa piste. Merci, coïncidence formidable de mon petit western.

– Et puis, Claudio, comment expliquer ces cris, cette dispute? Ils sont toujours si calmes. Le juge Mulino est une homme si posé. Tu as entendu comment il lui parlait?

– Il était énervé, voilà tout. Cela arrive. Cela m'arrive. Cela nous arrive.

– Il criait: «On ne va tout de même pas l'emmener à Venise!»

– Parce qu'il n'avait pas envie de l'emmener à Venise, c'est tout.

– C'est tout! Et tu as vu comment ils ont chargé les bagages, comment il conduisait?

– Il déteste conduire. Chaque fois qu'ils partent, c'est la même chose. Il voudrait prendre le train. Elle veut aller en voiture. Je le comprends un peu: ils ne peuvent même pas entrer en voiture dans Venise.

– En tout cas, j'ai tout observé.

– Tu devrais te faire détective privé, chère Elena.

– Ricane tant que tu veux, Claudio. Le signalement du gamin, je saurai le donner, moi. Des cheveux beiges comme des feuilles de tabac, des yeux vert-bleu. Une cicatrice en forme d'étoile.

L'HÔPITAL

Des cheveux beiges, des yeux vert-bleu, et surtout, surtout, une cicatrice en forme d'étoile: pas de doute, c'est bien de mon ami Alexandre qu'il s'agit.

– Où avait-il une cicatrice en forme d'étoile, tante Elena?

– Près de l'œil, bien visible. Pourquoi, tu le connais?

– Non, non... Évidemment non, je ne le connais pas. Mais je vous vois bouleversés, tous les deux, alors...

– Bouleversés, bouleversés, grommelle oncle Claudio. C'est ta tante qui fait tout un drame avec ce garçon inconnu qui accompagne les Mulino.

Moi, j'en suis sûr: il ne peut s'agir que d'Alexandre. J'essaie de ne pas montrer mon énervement. Bien sûr, il y a beaucoup de points d'interrogation dans cette histoire. Comment mon ami yougoslave a-t-il atterri dans cette famille florentine? Pourquoi ces disputes autour de lui? Pourquoi cette fuite à Venise? Ai-je mis le doigt, sans le savoir ni le vouloir, sur toute une bande de trafiquants? La Maffia peut-être. Tout cela m'excite et me fait un peu peur. Mais, pour l'instant, je ne dois penser qu'à rejoindre Alexandre pour entendre de sa bouche ce qui lui est arrivé. La vérité.

Que faire? Que dire pour ne pas être obligé de passer la journée dans Florence avec l'oncle et la tante? Car c'est à Venise qu'on a besoin de moi, j'en suis sûr à présent. Alexandre y est depuis hier, avec des gens qui ne lui veulent pas nécessairement du bien. Peut-être a-t-il dû regagner son pays, peut-être a-t-il déjà quitté l'Italie pour la Slovénie, dont Venise n'est pas tellement éloignée.

Il faut très vite trouver une solution, quitter San Domenico sous n'importe quel prétexte, prendre le train pour Venise. Mais l'objectif immédiat est de me débarrasser de l'oncle et de la tante. Malgré mes problèmes, je souris: voilà qu'entraîné par mes aventures, j'utilise déjà le vocabulaire des truands!

Je vais faire croire qu'on me rappelle à Rome et je prendrai en cachette le train pour Venise: cela ne sera pas facile, mais je n'ai pas le choix. D'abord, téléphoner à Francesca, ma sœur, et annoncer ici qu'elle me demande de rentrer.

Quelles ruses il me faut! Francesca dit que tout va bien, que je peux rester à Florence jusqu'à la fin du congé si tous mes travaux scolaires sont terminés. Pour que l'oncle et la tante ne devinent rien de ce qu'elle dit, je me contente de vagues réponses.

– Oui, oui, Mumm... Non... D'accord... Mumm...

– Mais que dis-tu, Giulio? Tu es fou ou quoi?

– Mumm... Ouais... Bon...

– Tu restes à San Domenico? Quoi, que dis-tu?

– D'accord. D'accord. Aucun problème. Je t'embrasse. *Ciao.*

Je raccroche, explique que mes parents rentrent de France plus tôt que prévu, que Francesca souhaite que je revienne à Rome tout de suite.

– Oh! c'est vraiment dommage, soupire la tante. Tu viens à peine d'arriver.

– Tu repartiras cet après-midi. Je crois qu'il y a un train vers trois heures.

– Non, oncle Claudio. Je vais rentrer dès ce matin. Je prendrai l'international.

– Mais pourquoi...?

– J'ai hâte de revoir maman. Si vous saviez comme mes parents m'ont manqué.

Je mens merveilleusement, avec un peu de honte. Mais je n'ai pas le choix.

Oncle Claudio veut absolument me descendre à la gare en voiture. Je préférerais le bus, mais je ne discute pas: mon comportement est déjà assez mystérieux comme ça. Je trouverai bien le moyen de lui fausser compagnie, de faire croire que je prends le train pour Rome et de sauter dans celui de Venise.

Claudio roule lentement: c'est sans doute ce qui nous sauve la vie. Un peu plus bas que San Domenico, une Vespa débouche d'une petite rue, fonce sur nous. L'oncle veut l'éviter, fait un écart, heurte une voiture en stationnement. La Vespa continue son chemin sans se préoccuper de nous. Les deux voitures

sont assez abîmées, mais oncle Claudio est indemne. Des gens s'empressent autour de nous.

– Tu n'as rien mon garçon?

– Mal au poignet, c'est tout. Un peu de sang à la jambe.

Les commentaires vont bon train. On accuse tous ces jeunes qui roulent comme des fous sur leur scooter, qui ne respectent pas le code de la route. Moi, malgré la douleur, je ne pense qu'à une chose: filer vers la gare. La voiture d'oncle Claudio roule sûrement encore. Mais le propriétaire de la voiture en stationnement ne veut rien entendre. Il faut qu'une enquête soit faite. Entre-temps, une ambulance est arrivée. C'est vrai que j'ai très mal.

Nous aurons droit, tous les deux, à de nombreuses radiographies. Moi, en supplément, j'aurai droit à un plâtre au poignet gauche. Et à un lit! Un lit, je vous demande un peu, pour un poignet fracturé!

– Ne te tracasse pas. Tu dois te remettre du choc. Tu n'en as pas pour longtemps. Le petit Yougoslave d'hier est déjà reparti après une heure.

LE JUGE

Le petit Yougoslave était déjà reparti après une heure. Non, mais je rêve ou quoi? Le petit Yougoslave... Il n'y en a pas des milliers à Florence, des petits Yougoslaves. Et je n'en cherche qu'un, moi. Mon ami, Alexandre. Mon ami sorti des buissons des jardins de la Villa Borghese, un après-midi d'octobre. Mon ami disparu de la piazza Navona à Rome, un après-midi d'octobre. Mon ami qui m'a arraché aux brumes ennuyeuses des Étrusques pour me jeter dans d'incroyables aventures ombriennes, puis toscanes.

Je rêve, je rêve, je rêve! Et je questionne cet infirmier costaud, qui me rassure et me renseigne.

– Il avait l'air de quoi, ce Yougoslave?

– Sympa. Très sympa. Il était sonné. En fait, on n'a pas très bien compris ce qui s'était passé. Il courait hors de la gare. Poursuivi par des policiers qui ne savaient plus très bien pourquoi ils le poursuivaient.

– Ils le poursuivaient?

– C'est ce qu'ils ont dit. Et puis ils ont dit le contraire.

– Ils ont dit le contraire?

– Quand ils ont vu que le juge Mulino le connaissait, que c'était sûrement un de ses parents, son neveu peut-être.

– Son neveu?

– Je ne sais pas, moi. Le garçon était sonné. Il courait comme un fou pour sortir de la gare. Il a trébuché. Il a heurté un poteau en béton. Il est tombé. Le juge Mulino l'a ramassé, l'a amené ici. Il n'avait rien, en fait. Aucun traumatisme. Un peu sonné, c'est tout. Il perdait un rien la carte, parlait d'un sac qu'il n'avait pas volé. Madame Mulino a dit qu'elle le connaissait très bien. Le juge a conseillé aux policiers de laisser tomber.

– De laisser tomber?

– Vous savez, ce n'est pas si rare. Des gens qui font un peu de scandale en ville. Nous faisons notre boulot. Notre boulot, c'est de soigner les gens. Puisque le juge ramenait le petit à la maison, qu'il n'y avait aucun blessé, que les policiers fermaient les yeux...

– Mais ce garçon, il vous a parlé?

– Il ne connaissait pas très bien l'italien. Il parlait en français avec le juge.

– La mère du juge Mulino était Française, a déclaré oncle Claudio.

– C'est possible. Nous, on soigne, on ne fait pas d'analyses linguistiques.

L'infirmier a un rire gras. Un médecin entre, examine le plâtre, m'ausculte.

– Parfait, mon petit bonhomme. On ne te chasse pas, mais tu peux rentrer chez toi. Vous êtes son père?

– Son oncle. Il peut quitter l'hôpital?

– Très belle fracture. Il peut partir quand il veut. Des jeunes comme ça, il en faudrait un peu plus en Italie. Sain comme un renard.

Il me fait un gros clin d'œil. Ce médecin devrait vendre des vaches. Quant à l'infirmier, il m'en a appris assez sur Alexandre. À présent, c'est le juge Mulino qu'il faut retrouver.

UN TOUR EN VILLE

La voiture roule encore. Quant à rouler oncle Claudio, je veux dire quant à filer tout de suite à Venise, c'est un autre problème!

– Pas question que tu rentres à Rome dans cet état.

– Quel état, oncle Claudio?

– Comment, quel état? Un poignet dans le plâtre, le traumatisme...

– Quel traumatisme? Ils ont dit que je n'avais rien. Sauf cette très belle fracture qui ne m'empêche pas de marcher... En plus, je suis gaucher et c'est mon poignet droit qui a joué au chêne brisé. Je n'ai aucun bagage, rien à porter. Si je ne rentre pas, Francesca va s'inquiéter.

– C'est bien pourquoi je vais immédiatement lui téléphoner.

– Non, surtout pas! Je veux dire: pas la peine.

– Mais qu'est-ce que te prend, Giulio? Tu viens de me dire que ta sœur va s'inquiéter.

Aïe, aïe, aïe! Tout ça est mal parti. Me voilà embarqué sur une mer de mensonges dans laquelle je vais sûrement me noyer. Giulio, mon petit, pas de panique. Jouer serré, très serré. Gagner du temps. Perdre un peu de temps pour en gagner beaucoup. Pensons fort et vite:

1. Il ne faut pas qu'oncle Claudio entre en contact avec Francesca.

2. Il faut que je téléphone à ma sœur afin qu'elle ne téléphone surtout pas à l'oncle et à la tante.

3. Il faut trouver le moyen d'aller à Venise le plus vite possible afin d'en apprendre plus sur ce juge et sur Alexandre. À ce sujet, je crois d'ailleurs avoir une petite piste à laquelle il faudra

que je réfléchisse dès qu'oncle Claudio voudra bien cesser de me mettre le grappin dessus.

– Je vais téléphoner à Francesca, oncle Claudio. Si elle entend ma voix, elle sera rassurée. Sinon, elle va imaginer qu'on lui cache un tas de choses.

Habile, très habile, hein? Oncle Claudio est tout de suite d'accord avec mon primo. Nous nous dirigeons vers un des téléphones de la réception. Le secundo m'oblige à envoyer le cher oncle me chercher un coca au distributeur de boissons pendant que je téléphone. On ne peut pas refuser ça à un grand blessé de la route... J'ai donc assez de temps pour dire à ma sœur que tout va très bien, que je rentrerai dans un jour ou deux et qu'il est inutile de téléphoner chez l'oncle: nous allons partir faire une excursion en voiture du côté de Sienne. (Cela pour le cas où la sœurette aurait l'idée gênante de retéléphoner chez l'oncle... Il faut tout prévoir, dans la vie.)

Pour le tertio, on a le temps. D'abord voir ce qu'oncle Claudio a décidé.

– Nous remontons à San Domenico prendre la tante et nous redescendons visiter Florence. Il y a des tas d'endroits que tu ne connais pas encore. Quand as-tu dit à Francesca que tu rentrais?
– Euh... Demain matin, je crois...
– Tu crois?
– Non, j'en suis sûr, oncle Claudio, absolument sûr. Oui, j'ai dit que je rentrais demain matin.
– Parfait, cela nous laisse une journée entière pour promener ton plâtre et le faire sécher.

L'oncle rit de bon cœur. Il est si brave que je ris, moi aussi. Après tout, rien n'est perdu. Alexandre n'est pas seul et le juge ne semble pas vouloir l'exécuter tout de suite. Il faut parfois laisser souffler les heures.

Comme la tante ne voit que le côté intact de la voiture, elle ne s'affole pas immédiatement... Je lui fais découvrir petit à petit le blanc de mon plâtre. Elle ne s'évanouit pas. Elle est prête à jeter un regard sur la tôle froissée. Disons qu'elle accepte les choses avec beaucoup de philosophie, mais refuse de monter dans la voiture. Nous prenons donc l'autobus 7 jusqu'au dôme.

Là, j'ai le droit à la traditionnelle petite leçon d'histoire, en abrégé, sur Michel-Ange, Giotto et Brunelleschi. Je l'écoute avec beaucoup d'attention, car je sais ce qui m'attend au bout du parcours: une glace chez Vivoli, le meilleur glacier de Florence, c'est-à-dire de la Toscane, donc de l'Italie. Le meilleur glacier du monde. Je vous le jure. Si vous ne me croyez pas, allez y faire un tour: vous m'en direz des nouvelles.

La rue piétonne nous conduit jusqu'à la piazza della Signoria. Je pense au plaisir que j'aurais eu de faire découvrir tout cela à Alexandre: cette magnifique forteresse et surtout ce David dont j'ai toujours admiré la force et l'élégance. L'oncle ne peut résister, cette fois encore, au plaisir de me montrer le pavé de métal qui indique l'endroit où on a brûlé Savonarole. J'en ai chaud dans le dos.

Chez Vivoli, comme d'habitude, c'est l'embarras: la glace à la framboise est tentante, la nougatine me plairait assez; la *stracciatelle* a des regards qui m'émeuvent; je ferais bien mon ordinaire de l'abricot, de la banane ou du melon.

– Giulio, de tout façon, on sait bien ce que tu vas prendre!

L'oncle a raison: comme d'habitude, je prends une coupe géante citron-citron-citron et c'est si bon que j'en ai les larmes aux yeux.

Bien sûr, je suis un peu gêné parce que je pense à Alexandre et à la Maffia

(je vous expliquerai), mais après tout, il faut que je prenne des forces. La lutte n'est pas gagnée d'avance.

– Giulio, as-tu dit à Francesca que nous avions eu un accident?

– Non, pas la peine: elle se serait inquiétée.

– Justement, c'est ta maman qui va s'inquiéter quand elle va te voir arriver avec un plâtre. Tu sais comment sont les mères... Je vais téléphoner à ta sœur pour qu'elle prépare le terrain, qu'elle annonce les choses avec ménagement.

– Ce n'est pas la peine, oncle Claudio.

– Si, si. On va croire que je ne m'occupe pas de toi.

– Au contraire, c'est très bien. Vous êtes très gentils. Et puis, j'y pense... Francesca n'est pas là. Quand j'ai téléphoné, elle allait partir avec des copains... Pour Sienne. Oui, c'est ça: pour Sienne.

LA MAFFIA

Nous allons dîner dans un petit restaurant de l'Oltrarno où l'on nous sert de délicieuses fèves rouges. Malgré la glace citron-citron-citron qui m'a servi d'apéritif coupe-faim, je m'en régale.

– L'accident ne t'a pas coupé l'appétit, Giulio. C'est bien. Après le repas, visite chez un sculpteur de mes amis, mais d'abord nous irons nous promener dans les jardins Boboli.

J'adore! Presque autant que les fèves rouges. Je pense quand même à Alexandre et surtout à la Maffia, dont le prof d'italien nous a parlé à propos de toutes ces affaires de juges qui bouleversent la politique italienne. La Maffia, je la connaissais par les films. Pour moi, c'était la Sicile, ses paysans méfiants, ses riches propriétaires, la violence, les attentats, la drogue. Souvent, papa et maman s'entretiennent à voix basse au sujet de telle ou telle personne. Ils disent que la Maffia est partout, toute-puissante partout. Qu'il faut se méfier, ne pas trop parler. Ni dans les bus, ni dans les trains, ni ailleurs.

Le prof d'italien dit que ce n'est pas vrai, que la Maffia est plus puissante que les étrangers ne le croient, mais en même temps moins dangereuse qu'on ne le dit à Rome ou à Naples. N'empêche qu'un de nos cousins de Palerme est mort de manière mystérieuse! Ce qui m'étonne, c'est que des policiers et des juges puissent être d'accord avec ces bandits, travailler avec eux ou au moins les couvrir.

Il est vrai que d'autres ont eu le courage de dénoncer de puissants trafiquants de drogue dignes de Chicago. Tout cela est bien compliqué pour moi.

Mais que faisait ce juge de Florence avec Alexandre? Comment le connaissait-il? Et Alexandre? Tout à coup, ses explications me semblent bien curieuses. De quoi vit-il? Pourquoi son cousin s'en occupe-t-il si peu?

– Oncle Giulio, il fait partie de la Maffia, le juge Mulino?

L'oncle rit. Il m'explique que Mulino est un petit juge tranquille. Un petit juge tranquille qui enlève les blessés des hôpitaux...?

AMICI PER LA PELLE

Belle journée à Florence, vraiment. Merci, mon oncle; merci, ma tante. J'ai bien mangé, j'ai bien promené dans toute la ville mon poignet plâtré. Et vous m'avez presque fait oublier mon ami Alexandre. Les choses essentielles. Les promesses, même dites à mi-voix, qui font d'un garçon rencontré par hasard dans les jardins de la Villa Borghese un ami pour la vie. *Un amico per la pelle*, comme nous disons en italien.

Mais la nuit est tombée sur la paix de San Domenico. Oncle et tante sont venus m'embrasser dans ce lit de tendresse où ils accueillent ceux qu'ils aiment. Et moi, je me suis juré que demain matin j'aurais fini de jouer la comédie, de tricher avec le téléphone et l'amitié. Ce juge Mulino, maffioso ou non, je devais retrouver sa trace. Je devais savoir ce qu'ils avaient fait, lui et sa femme, de mon ami Alexandre.

J'ai donc été ferme avec l'oncle Claudio. On peut me descendre dans une voiture à la tôle froissée jusqu'à la gare de Firenze Santa Maria Novella. Mais on ne peut pas m'accompagner jusqu'au quai. Je ne suis plus un bébé, moi, non mais! Donc, tu peux me déposer bien fait vite fait face à la gare, cher oncle. Me faire de grands signes de la main. Au revoir, Giulio. Au revoir et merci, *zio* Claudio. Quant à savoir sur quel quai je m'embarque pour quelle ville, *grazie mille*, merci mille fois. Non. Je trouverai bien tout seul. Quai 3: le direct pour Rome. Quai 7: le rapide pour Venise. Venezia Santa Lucia. C'est ce qu'il me faut. C'est là que, dans quelques heures, je rejoindrai mon ami Alexandre.

Quelques questions habiles m'ont aidé à préparer le voyage. Je ne connais pas l'adresse du juge. Mais oncle Claudio a recueilli le fruit de leurs bavardages. De la fenêtre de son salon, le juge Mulino voit le Rialto. Il me suffira de longer le Grand Canal, à pied ou dans le *vaporetto*, pour être dans le quartier où Alexandre promène son bonheur ou ses angoisses. J'en sais assez pour mener ma petite enquête.

Le train ne part qu'avec dix minutes de retard. En Italie, c'est un record! Nous allons filer vers le nord, puis bifurquer vers l'est. Nous ne passerons pas par Milan. Dommage: j'ai de cette ville de merveilleux souvenirs de friandises... Voilà que ça me reprend. Serais-je gourmand à ce point? Ressaisis-toi, Giulio. Tu n'es pas sur la piste de *panforte* ou de *cantuccini*, mais d'un ami peut-être en danger qui peut-être supplie le ciel de te faire arriver plus vite.

J'arrive, Alexandre. Déjà, dans le lointain, j'aperçois les Alpes. Déjà, quelques mouettes racontent la mer plus très lointaine. Mes narines sentent le sel. Mon cœur cogne d'amitié. L'aventure chante dans mes oreilles. Et la peau me démange au bord du plâtre. Quel truc idiot, ce plâtre! Je gratte tant bien que mal, fais des miettes blanches sur la banquette, irrite la peau jusqu'au sang. Cela ne me chatouille plus. J'ai même un peu mal. Je deviens un vrai accidenté de la route tandis que le train roule au-dessus de la mer.

Mon Dieu, que c'est beau, Venise! Je croyais connaître mon pays et je n'étais jamais entré dans une ville aussi merveilleuse. La Cité de l'Amitié.

LE RIALTO

Oui, que c'est beau, Venise! Que c'est beau tout de suite et sans réserve. À peine sorti de la gare Santa Lucia, à peine au bas des marches, à quelques mètres du Grand Canal, c'est l'éblouissement. Comme au théâtre. Comme un décor de rêve. Ce n'est pas diminuer la beauté des façades qui s'offrent à mes yeux éblouis que de dire mon impression: c'est comme un décor, un merveilleux décor de carton, peint par un artiste extraordinaire, avec des couleurs qui caressent le cœur. Oui, du théâtre vraiment, ou du cinéma. Et moi, Giulio Profumo, je suis la vedette d'une superproduction qui s'appelle *Retrouver Alexandre* ou *Sur les traces du juge.* Pour le titre, on verra plus tard.

Des gens me proposent un hôtel ou une gondole, ou les deux. Ai-je l'air d'un touriste? Ne suis-je pas chez moi ici, dans mon Italie? Croient-ils, ces attrape-touristes, qu'un enfant de mon âge voyage seul et vient en villégiature à Venise? Écartez-vous, messieurs-dames. Laissez passer Giulio. Laissez-le courir sur les traces de son ami Alexandre. Je descends jusqu'au canal, efficace, sûr de mes réflexes et de mes déductions. Oncle Claudio m'en a appris assez sur le juge, mine de rien, pour que mon enquête se déroule bien. Des fenêtres de son appartement, il voit le Rialto. Il s'en est souvent vanté, il me faut donc découvrir le Rialto, sans avoir l'air trop godiche. Je sais que c'est un pont, que c'est un pont aussi connu que le Ponte Vecchio de Florence. Mais je ne sais pas où il se trouve. Un regard à droite, un coup d'œil à gauche. Rien. Un examen rapide des inscriptions sommaires sur le quai ou sur les *vaporetti*. Ouais. J'ai compris comment on va à San Marco. Ayons l'air de celui qui s'y connaît.

– Pour le Rialto, je vais vers San Marco, évidemment.

Le marchand de gondoles en plastique me regarde, les sourcils étonnés.

– Évidemment.

Évidemment. J'en étais sûr. J'achète un billet et m'accroche à un groupe d'Asiatiques piailleurs. Le bateau, ça me change du train. Disons que c'est moins rapide, mais ça laisse le temps de penser. D'observer. D'admirer. Cette fois, on ne me prend plus pour un touriste. Un couple de Japonais apparemment en voyage de noces désigne le pont sous lequel nous allons passer en interrogeant le petit Italien que je suis:

– *Rialto? Rialto? Rialto?*

Pas besoin de le demander trois fois. J'ai compris. Avant que j'aie eu le temps de répondre, une vieille dame leur sourit et dit avec une voix de merlette:

– *Rialto. Rialto, sì.*

Pourquoi se croit-elle obligée d'imiter leur accent? Et moi, pourquoi est-ce que je me sens obligé de répéter:

– *Rialto. Sì, Rialto.*

Mais j'en suis sûr, tout aussi sûr que vous, à présent: c'est le Rialto. Pas inoubliable, le Rialto. On a mieux à Rome. Enfin, ne soyons pas chauvin. Je descends donc vers ce pont que tous les appareils photographiques du coin sont en train d'immortaliser. On prend tellement de photos autour de moi que je figure sûrement sur quelques-unes. On ne me demande pas mon avis.

Je marche dans des rues et des ruelles, surpris comme une caille qui couve un œuf de pigeon. Je croyais qu'il n'y avait que de l'eau, à Venise, qu'on ne s'y déplaçait que sur l'eau. Encore une légende à ranger dans le placard. À Venise, on peut marcher. On peut même marcher beaucoup si, comme moi, on a la malchance de toujours questionner des étrangers. Il faudrait que je trouve des commerçants: avec eux, pas de

problème. Ils ne sont sûrement pas de Padoue ou de Bordeaux, eux! Mais ma timidité m'empêche d'entrer dans une boutique: je préfère interroger ce marchand de légumes dont l'étal excite ma gourmandise.

– Excusez-moi, vous connaissez le juge Mulino?

– Mulino? Le juge Mulino? Non. Mulino, tu connais ça, toi, Giuseppe?

Giuseppe connaît. Mulino, c'est sûrement ce petit juge florentin qui habite campo Santi Apostoli. C'est à deux pas d'ici. Impossible de se tromper. Il vient toujours nous acheter ses champignons et ses poivrons.

SANTI APOSTOLI

Je veux en savoir plus. Tout d'un coup, j'ai effacé Venise et son charme oriental. J'ai perdu trop de temps sur la piste d'Alexandre. C'est sur lui que, désormais, je dois concentrer tous mes efforts.

– Vous l'avez vu récemment?

– Pas plus tard qu'hier. Il est venu faire des provisions. Il a dit qu'il était à Venise pour plusieurs jours.

– Il était seul?

– Non, comme d'habitude sa femme l'accompagnait. Mais c'est toujours lui qui choisit...

– Personne d'autre? Un jeune garçon?

– Oui, tu as raison, un garçon, un grand garçon qui se tenait un peu à l'écart...

– Il avait un sweat-shirt blanc?

– Un sweat-shirt blanc? Dis donc, tu travailles pour la police! Non, je ne crois pas. Il n'avait rien de spécial, ce garçon. À part...

– À part?

– À part cette cicatrice au coin de l'œil. Une cicatrice en forme d'étoile.

J'en sais assez. C'est Alexandre. Ils ne l'ont pas tué. Il les accompagne au marché. Je vais le retrouver. Le pont à traverser. Me voici bien vite campo Santi Apostoli, une toute petite place sympa avec une curieuse église de village. Je demande au marchand de journaux, qui connaît très bien le juge.

– Leur appartement est au rez-de-chaussée. Il faut passer par la petite cour. Tu vois, là où il y a de la glycine.

J'entre dans la cour. Les fenêtres sont ouvertes. Cette fin d'octobre est particulièrement douce, presque comme en été.

– Non, décidément, ce n'est pas possible... Tu me fais prendre beaucoup trop de risques...

Une voix de femme répond. Même en m'approchant de la fenêtre, je ne comprends pas ce qu'elle dit. L'homme reprend:

– Je suis juge, ne l'oublie pas... À Florence, tout s'est arrangé sans problème, mais si on apprend... Te rends-tu compte de quoi nous sommes complices...

Cette fois, elle hausse le ton. Je comprends:

– Nous pourrions peut-être rentrer à Florence?

– Sûrement pas. Les voisins nous ont vus. Ils savent qu'il est avec nous. S'ils en parlent... Non, je refuse de continuer. Ne pleure pas, veux-tu, cela ne sert à rien. Et cesse de me répéter que nous sacrifions ce garçon. Tout est de sa faute après tout. D'ailleurs...

J'entends des cris. Il me semble

reconnaître la voix d'Alexandre. Des portes claquent à l'intérieur. On court. Soudain, avant que j'aie eu le temps de le prévoir, quelqu'un se précipite dans la cour. Vite, je recule d'un mètre, près de la table de fer. Je me dissimule derrière la glycine. C'est Alexandre. Il file vers le *campo*. Je n'hésite pas une seconde: je le suis. Décidément, mon ami yougoslave m'aura fait faire un entraînement intensif à la course à pied!

Je crie, mais il est loin déjà et il y a foule dans Venise. Lui comme moi, nous bousculons des gens qui nous jettent des regards mauvais et nous ralentissent.

LE NAUFRAGE

Je devrais apprécier la basilique, sans doute, regarder les lions, vérifier que le campanile ne va pas s'écrouler, une fois de plus. Je n'en ai pas le cœur. Juste avant de traverser la rue pour pénétrer sous le portique qui donne accès à la *piazzetta*, j'ai perdu la trace de mon ami. À cause d'un groupe de stupides touristes français dont le guide agitait un drapeau de carnaval pour rassembler son troupeau! Sur la *piazzetta*, plus personne. Il ne pouvait guère aller que là, pourtant, à moins qu'il n'ait tourné à gauche ou à droite pour échapper... Pour échapper à qui? Qui le poursuit, à part moi? Je me suis retourné deux ou trois fois et n'ai vu personne de suspect.

Il ne peut être entré chez un de ces bijoutiers! Sûrement pas au café Florian: j'ai vu les prix! Alors? A-t-il un complice dans le coin? Je commence à me décourager, à douter d'Alexandre. De nouveau, je me pose des questions. Qui est-il en réalité? Que faisait-il à Rome? N'a-t-il pas réellement volé le sac de cette femme? Un sac qui contenait quoi? Et le juge? Que faisait-il avec eux? Ces paroles mystérieuses, je les ai bel et bien entendues. «Tu me fais prendre beaucoup trop de risques... Nous sommes complices... Nous sacrifions ce garçon...» Étrange, tout cela. Et pourquoi Alexandre a-t-il fui la maison? Ne m'a-t-il réellement pas vu, pas entendu ou voulait-il m'échapper, à moi aussi?

Je suis découragé. Je me croyais un héros très fort et voilà que, tout à coup, j'ai besoin de Rome, besoin du Campo dei Fiori, besoin de ma classe, de mes copains, de mes parents. Toute cette longue course pour rien! Tous ces mensonges pour me retrouver seul au milieu de touristes indifférents. Je frissonne. Est-ce l'air plus frais de la mer ou le sentiment d'être roulé par la vie, de croire à l'amitié au milieu de gens qui ne pensent qu'à tricher? En face de moi, de l'autre côté de l'eau, loin, une île vert et rouge. J'y ferais volontiers naufrage, mais quel Vendredi y trouverais-je?

Non, c'est trop bête, je ne vais pas pleurer.

LA CLEF DU MYSTÈRE

Une main se pose sur mon épaule. Je me retourne brusquement: c'est Alexandre.

– Giulio! Qu'est-ce que tu fais là?

Qu'est-ce que je fais là? C'est la meilleure, celle-là! J'ai envie de répondre que je pêche à la ligne, que je compte les gondoles ou que je surveille un chalutier papou, mais je suis tellement heureux de retrouver Alexandre que d'un bond je suis debout et que je serre ses deux mains dans mes deux mains.

– Alexandre! Je suis si content de te revoir! Depuis le temps que je cours derrière toi.

– Tu courais derrière moi? Depuis Rome?

– Évidemment, depuis Rome. Je t'ai suivi à Florence, puis ici, à Venise. Tu me glissais toujours entre les doigts. Mais raconte-moi: que t'est-il arrivé?

Nous nous asseyons tous les deux, au bord de l'eau, face à l'île. Dès que je lui ai expliqué mon plâtre, Alexandre commence à me raconter son histoire.

– Quand cette femme a crié que je lui avais dérobé son sac, piazza Navona, je n'ai pensé qu'à une chose: ne pas avoir affaire à la police. Bien sûr, je n'avais rien volé. Ce n'est pas mon genre. Mais je savais ce qui allait se passer: on allait m'emmener au commissariat, me demander mes papiers, faire une enquête. On n'est pas tendre avec les immigrés clandestins. Ceux qui sont en situation illégale, l'Italie les reconduit à la frontière. Ils doivent rentrer dans leur pays. Je ne sais plus quel est mon pays. Le pays des bombes et des larmes, c'est sûr. Alors je n'ai pensé qu'à une chose: courir, courir,

courir. Bien sûr, c'était fou, mais la vie nous a rendus fous, tu vois, Giulio. J'aurais mieux fait de t'attendre. À la gare, j'ai sauté dans le premier train. Il fallait que je sois vite très loin de Rome. Et puis tu es arrivé, tu m'as crié de descendre à Florence. Tu ne peux pas t'imaginer comme mon cœur battait quand je t'ai vu. Enfin quelqu'un était mon ami au point de courir à mon aide. Je n'ai pensé qu'à cela tout le temps du voyage. À Florence, je suis descendu comme tu me l'avais dit. Dans le hall de la gare, il y avait des policiers. Cette fois encore, j'ai eu le mauvais réflexe. Au lieu de t'attendre calmement sur un quai, à l'abri des contrôles, j'ai couru comme un fou vers l'extérieur, j'ai trébuché, j'ai failli me fendre le crâne contre un poteau. C'est alors que le juge est venu voir ce qui se passait.

– Mulino? Le gars de la Maffia?

– Quel gars de la Maffia? Qu'est-ce que tu racontes? Il n'a rien à voir avec ces terroristes. Mais il s'appelle bien Mulino. Comment le sais-tu?

– Sans importance. Je t'expliquerai plus tard. Continue, Alexandre.

– Je n'étais pas blessé, mais sérieusement sonné. La femme du juge a voulu qu'on me conduise à l'hôpital. Peut-être que je disais des choses un peu sottes. Nous ne sommes pas restés longtemps à l'hôpital.

– Je sais...

– Alors, si tu sais tout, inutile que je raconte.

– Non, vas-y. J'ai des tas de points d'interrogation.

– Le juge m'a emmené chez lui, dans une belle villa au-dessus de Florence. Lui et sa femme m'ont posé des tas de questions. Ils étaient gentils, je sentais bien que je pouvais avoir confiance en eux. Alors, j'ai tout raconté, toute ma vie. L'histoire de Rome, ma fuite. J'ai parlé de toi. Le juge a dit que je n'avais aucune chance de te retrouver. Il se trompait, tu vois. Il voulait que je l'accompagne à la police, que nous mettions tout en ordre. Il ne croyait pas vraiment à ce qu'il disait.

Il savait très bien comment on règle le sort des gars comme moi. Sa femme voulait qu'ils me cachent. Il répondait sans arrêt que c'était impossible, que je serais vite repéré, qu'il ne pouvait pas se permettre d'être complice. Elle le suppliait, ne voulait pas qu'on me renvoie chez moi. Finalement, il a accepté de me garder un jour ou deux. J'allais les accompagner à Venise. Ils ont été vraiment chouettes avec moi, surtout la femme du juge. J'aurais bien voulu te téléphoner pour te prévenir, mais je ne savais pas ton nom de famille. Ce matin, j'ai entendu qu'ils se disputaient. La femme disait que j'étais l'enfant qu'ils n'avaient jamais pu avoir, qu'il fallait me garder, me donner un foyer, qu'elle voyait bien que j'étais un brave garçon. Lui, il était d'accord pour me garder, mais à condition que tout se fasse dans les règles. Le ton montait. Il voulait parler de moi à son ami le commissaire. Quand j'ai entendu parler de police, quand j'ai compris qu'il était décidé à me livrer, j'ai été pris de panique. Je me suis encore sauvé. Voilà, c'est tout.

– Alexandre, eux seuls peuvent faire quelque chose pour toi. Tu ne peux pas passer le reste de tes jours à fuir d'un pays à l'autre. Tes parents sont morts. Personne ne te veut du mal. Il faut faire confiance au juge, être raisonnable.

Alexandre se tait. Il me regarde avec un petit sourire confiant. Je lui explique que je vais aller trouver le juge, que je lui parlerai. Je saurai si quelque chose est possible, s'il faut essayer de tout résoudre dans la clarté. N'ai-je pas assez prouvé mon efficacité? Alexandre convient que oui. Nous nous reverrons ici dans une heure. Fais-moi confiance. Tout ira bien.

COMME UNE CICATRICE

Tout a bien été, en effet. Le juge Mulino est un homme charmant. Comment ai-je pu croire que c'était un bandit complice de la Maffia? Quant à Madame Mulino, sa gentillesse et sa tendresse m'émeuvent. Le juge s'est renseigné. Il connaît beaucoup de monde à Venise et apparemment tout le monde l'estime beaucoup. Il a téléphoné longuement à un ancien condisciple devenu ministre.

– Les choses devraient pouvoir s'arranger, Giulio. On ne devrait pas avoir trop de mal à donner à Alexandre le statut de réfugié politique. Le fait que nous voulions l'adopter, ma femme et moi, facilitera sûrement les démarches.

De toute façon, pas question qu'on lui fasse quitter le territoire. Nous en aurons la garde en attendant qu'on voie un peu plus clair dans son cas. Maintenant, si tu veux bien, nous allons lui annoncer ces bonnes nouvelles.

– C'est que... J'ai promis à Alexandre de ne pas dire où il se cache, mais rassurez-vous: je saurai le convaincre. Nous serons vite de retour.

– Oui, fais vite, dit Madame Mulino. Je suis morte d'inquiétude.

– Pendant ce temps-là, si tu veux bien, je téléphone à tes parents. Je les ai déjà rencontrés plusieurs fois quand ils venaient rendre visite à ton oncle. Je leur raconterai tout. Après tout, tu n'as à te reprocher que quelques petits mensonges. Mais c'est grâce à toi que nous allons être heureux, tous les trois.

– Tous les quatre, Monsieur!

– Il a raison, dit Madame Mulino. D'ailleurs, pour lui dire merci, je propose qu'il reste avec nous à Venise jusqu'à la fin du congé. Nous le reconduirons à Rome. Cela te plairait?

Que de bonnes nouvelles à porter à Alexandre! Il n'a pas bougé d'un pouce. Il regarde la mer, fixement, comme s'il se demandait ce qu'elle va faire de son destin. En face de nous, l'île éclate de beauté dans le soleil couchant. C'est la première chose que nous irons visiter. Robinson et Vendredi enfin réunis!

– Giulio, je ne sais pas si je dois accepter la pitié du juge et de sa femme.

– Arrête de dire des âneries, Alexandre. Ils t'aiment déjà comme un fils. Tu ne l'as pas senti?

– Moi, j'avais des parents...

– Là où ils sont, ils savent que tu ne veux pas les remplacer, que simplement de nouveaux amis viennent s'installer dans ta vie, pour que tu ne sois pas seul.

– Oui, c'est drôle, la vie. Les bombes avaient détruit tout ce que j'aimais et voilà que des visages nouveaux... Je ne croyais plus au bonheur. Je croyais que tout le monde était méchant... Regarde comme c'est beau, ce soleil qui vient caresser la mer... Tu as raison, Giulio, nous allons rentrer chez le juge, j'essaierai de leur dire, à lui et sa femme, ce que j'ai sur le cœur. Mais auparavant, je voudrais te poser une question. Si tu ne n'avais pas retrouvé, qu'est-ce que tu aurais fait?

– Je ne sais pas...

Je regarde le visage d'Alexandre, ce souvenir de blessure au coin de son œil.

– J'aurais eu... Comme une cicatrice.

Volet informatif

Rédaction:
Isabelle Lefebvre

LE FIN MOT DE L'HISTOIRE

Giulio se rend dans plusieurs villes d'Italie après avoir fait la rencontre surprenante d'Alexandre. Pour en savoir plus sur les endroits et les personnages dont il est question dans son récit, lisez ce qui suit.

Les Étrusques

Qui sont au juste les Étrusques? La civilisation étrusque apparaît autour de 750 av. J.-C. et disparaît vers 100 av. J.-C. au profit de l'Empire romain. C'est dans le centre et le nord de l'Italie que les Étrusques prennent leur expansion.

On sait peu de chose sur ce peuple. À cause de la disparition de tous les écrits, le savoir sur les Étrusques s'est forgé surtout à partir des inscriptions et des objets de toutes sortes qu'on a pu retrouver à l'intérieur des tombeaux. C'est pourquoi cette civilisation reste pleine de mystères. On ne s'entend pas sur son origine, et sa langue paraît n'avoir aucune ressemblance avec les langues utilisées à cette époque par les autres peuples.

Les Étrusques construisent de grandes cités. Ils sont riches, sont d'habiles guerriers et aiment profiter des plaisirs de la vie comme la danse, les jeux et les festins. Étant des artisans doués, ils travaillent l'or, le bronze, le fer et d'autres matériaux afin d'en faire des bijoux et des objets utilitaires ou décoratifs allant de la coupe à vin à la statue. Grâce aux fouilles archéologiques, on a pu retrouver une grande quantité d'œuvres de cette période. Elles sont aujourd'hui exposées dans quelques musées du monde.

On peut affirmer au sujet de la civilisation étrusque qu'elle a été marquante. Elle est la base de l'Empire romain. En effet, plusieurs pratiques romaines ont leurs origines chez ce peuple.

Énigme

On découvre le plus long texte étrusque autour de 1850. Les précieuses inscriptions se trouvent sur des bandelettes entourant le corps d'une momie. L'énigme vient du fait que cette momie est égyptienne. Comment une momie issue d'un pays situé de l'autre côté de la mer Méditérranée peut-elle être couverte d'écritures étrusques? La question reste sans réponse précise.

DE LIEU EN LIEU
L'Italie

L'Italie fait partie de l'Europe. Elle a des frontières communes avec la France, la Suisse, l'Autriche et la Slovénie. Après la chute de l'Empire romain, elle change souvent de mains. En dépit de sa longue histoire, c'est en 1861 que se forme le premier parlement. L'Italie, avec les frontières que l'on connaît aujourd'hui, n'a donc pas encore atteint ses 150 ans. Rome en est la capitale depuis 1870. La population de l'Italie est d'environ 58 000 000 habitants, soit près de 9 fois celle du Québec.

L'Italie est un pays de contrastes. Le Nord est industriel et riche. Le paysage est montagneux. On pratique même le ski sur certains glaciers. Plus on descend vers le sud et plus le climat devient chaud. Dans cette région plus pauvre, la population vit principalement de l'agriculture. On y cultive avant tout les agrumes, mais aussi l'olive pour son huile, la vigne, le blé et le maïs.

Rome

Selon la légende, la naissance de Rome est due à deux garçons nommés Rémus et Romulus. Jeunes enfants, ceux-ci sont abandonnés sur le Tibre, le fleuve traversant aujourd'hui Rome. Par chance, ils se retrouvent sur le rivage où une louve les adopte. Elle prend soin d'eux et les nourrit même de son propre lait. C'est à l'adolescence que les deux frères retournent sur les lieux de leur naissance pour fonder Rome.

Rome est de nos jours une ville moderne. Cela n'empêche pas qu'il est facile pour les touristes de revivre, au cours de leurs visites de palais, d'églises, de ruines et de musées, les 2500 ans d'histoire de cette cité fabuleuse.

Les Romains

En lisant les aventures d'Astérix et Obélix, on apprend des choses sur les Romains. Hommes de décision, attirés par l'appât du gain et la reconnaissance de la victoire, les Romains convoitent les terres voisines et réussissent extrêmement bien. La conquête d'un empire devient leur raison d'être. Voilà environ deux mille ans, l'Empire est à son paroxysme, s'étendant sur une grande portion de l'Europe d'aujourd'hui, du Proche-Orient et de l'Afrique du Nord. Rome est la capitale de cet Empire, et si le mot «Romains» qualifie maintenant les habitants de la seule cité de Rome, dans ce temps-là, toute personne vivant à l'intérieur des limites de l'Empire pouvait se prévaloir de ce titre.

Le Vatican

À Rome, on peut visiter le Vatican, le siège de la papauté. À cause de son immense basilique Saint-Pierre, de ses superbes palais et de ses jardins, le Vatican est digne d'être vu. Une terrasse située en haut de la coupole de la basilique nous offre tout un spectacle: la vue sur la ville est saisissante. Fait intéressant, le Vatican est un État indépendant. Il ne fait donc pas partie de l'Italie.

Venise

À l'époque de sa grande prospérité, Venise est avant tout une ville marchande. Entre le XIIIe et le XVe siècle, Venise atteint son apogée. Elle occupe la première place sur les plans commercial et maritime. La ville sert d'intermédiaire entre l'Orient et l'Europe continentale. Elle entrepose les épices, les bijoux, les tissus et autres matières pour ensuite les vendre aux Européens. Les richesses accumulées grâce à ces transactions permettent la construction de merveilleux palais et églises.

Grâce à son décor romantique composé de somptueux édifices et de jolis canaux où glissent les gondoles, Venise est unique. Comment pourrait-on y rester insensible? Les amoureux de l'art et ceux qui courent les événements culturels comme les carnavals et les festivals s'y donnent rendez-vous. C'est pour cette raison sans doute qu'elle accueille annuellement environ 10 millions de visiteurs.

Quelques chiffres

Venise est composée de 118 îlots. Les canaux qui y serpentent sont au nombre de 200 et ceux-ci sont enjambés par 400 ponts. Cela peut sembler surprenant, mais rappelons-nous que Venise est une ville d'eau.

Une existence menacée

Venise est bâtie seulement à quelques centimètres au-dessus du niveau de la mer. Des pylônes enfoncés dans la lagune la soutiennent. La ville doit pomper l'eau de son sous-sol pour éviter d'être inondée. Malheureusement, les fondations s'affaissent lentement sous l'action de l'eau et des vibrations causées par les navettes à moteur qui circulent sur les canaux.

Florence

Florence doit son expansion, au début du XIIIᵉ siècle, au commerce de la laine et de la soie. Puis vient la Renaissance avec son lot d'excellents artistes. À ce moment-ci, la ville atteint son apogée au point de vue culturel. C'est sans doute pour cette raison que Florence représente, pour plusieurs, la capitale de l'art. Sculpteurs, peintres, architectes, comme Léonard de Vinci et Michel-Ange, ont à leur façon fait de cette ville un joyau.

Si Florence attire une quantité impressionnante de touristes chaque année, ceux-ci viennent avant tout pour voir et apprécier la beauté de la ville à travers ses édifices et ses musées.

La gastronomie italienne

Comment parler de l'Italie sans parler de sa gastronomie? Pour plusieurs, c'est à Florence qu'on retrouve la nourriture la plus variée et la plus rafinée. On y mange beaucoup et longtemps. Un repas se compose de plusieurs plats: on commence par une entrée, on poursuit avec le premier plat, composé ordinairement de pâtes. Viennent ensuite le deuxième plat, viande accompagnée de légumes, les fromages, le dessert, le café et le digestif. Quel menu! Le mariage traditionnel est l'endroit par excellence pour goûter aux plaisirs de la table italienne.

DES MOTS EN ÉCHO

Ânerie
Parole stupide.

Campanile
Clocher d'église isolé
du corps du
bâtiment.

Chalutier
Pêcheur qui utilise
un bateau du même
nom.

Condisciple
Camarade d'études.

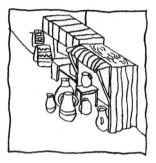

Échoppe
Petite boutique faite de matériaux légers et adossée à un édifice.

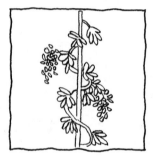

Glycine
Arbuste grimpant ayant de longues grappes de fleurs mauves.

Interpol
Organisation internationale de la police criminelle.

Ombrienne
De l'Ombrie, la région centrale de l'Italie.

Oubliette
Cachot où l'on enfermait les personnes condannées à la prison à vie.

Piailleur
Qui crie.

Toscane
Région du centre-ouest de l'Italie.

Truand
Malfaiteur faisant partie d'une organisation comme la Maffia.

Vendredi
Nom du personnage de roman qui va rejoindre Robinson dans son île déserte.

Vespa
Scooter de la marque
du même nom.

DES EXPRESSIONS
QUI EN DISENT LONG

À deux coups d'ailes de pigeons
Tout près.

Brûler la politesse
Passer devant.

Laisser souffler les heures
Laisser passer le temps.

Mettre le grappin dessus
S'accaparer quelqu'un.

Travail finement ficelé
Bien fait, bien élaboré.